墨の香

Keiko Yamakoshi

山越桂子句集

ふらんす堂

序

『墨の香』の著者、山越桂子さんは、一本筋が通った人である。ものごとに対する考え方も行動もブレがなく、それが俳句に表れているように思う。

句集を編むにあたり、これまでの作品をあらためて拝見したが、どの句にもストレートに心情が表現されており、きっちりまとまっているのが印象的だった。早くから俳句の骨法をしっかり身につけ、何を作品にすべきかを的確に見極めていたことがわかる。たとえばつぎのような句である。

風止みて更なる梅の香りかな
落ちてすぐ透明となる滝の水
雪片に潔きもののためらふもの
幕下りてよりのほとぼり初芝居
待合はすロビー七夕竹の下
蒟蒻の彩られゆく針供養

最初の句は、風と共にただよってくる梅の花の香りを楽しんでいたのだが、風が止んだときにいっそう香りが強くなったことを感じたというのである。「風止みて更なる」が一句を確かなものとしている。

二句目の観察眼にも注目した。確かに、勢いよく落下している滝は白い飛沫となっている。それが滝壺に収まった途端に透明となることを見逃さない。「落ちてすぐ」の「すぐ」がポイントである。

三句目は、雪片の生き生きした動きをよくとらえている。雪が舞うところを見ていると、横に流されたり、落ちかけたものが舞い上がったり、じつにさまざまな動きをすることがわかる。それを擬人法で巧みにとらえたのである。

つぎの句は、初芝居の雰囲気をよく伝えている。華やかな舞台を堪能し、しばらく興奮が冷めなかったようだ。

五句目は、ホテルのロビーで待ち合わせをしたというのだが、七夕飾りが意味ありげである。たまたま七夕の頃だったというだけではない面白さがある。

最後の針供養の句はユニークである。蒟蒻に針がどんどん刺されていくのだが、それによって蒟蒻が彩られていると見たのである。確かに色とりどりの待針が刺されていたり、色が増えていく様子はわかるが、針供養をこのような視点で詠んだ句は珍しいのではないだろうか。

山越さんは長年、書にも打ち込んでこられた方である。集名の「墨の香」がそれを語っているが、集中の作品には書にかかわるものが少なくない。

墨磨れば艶の生まれて初硯
ゆつくりと墨磨つてゐる良夜かな
墨の香の反古を重ねてそぞろ寒
硯洗ふなでて月日の窪みかな
筆馴らすいろはにほへと春灯下
墨跳ねて広がる滲み春の雷
秋暑し『五體字類』の綴ぢ緩び
水仙や小筆やうやく手に馴染み

句意は明瞭で、それぞれ豊かな時間の広がりを感じさせる。

ところで、石川県出身の山越さんが奈良に住まわれるようになったのは、ご主人のご希望でもあったと聞いている。共に奈良を愛されたのである。
そんな山越さんの奈良を詠んだ作品を見てみたい。

取り合へる手を弾き飛ぶ団扇撒
局の間より垣間見て修二会の行
蟬しぐれ塵ひとつなき戒壇院
ことのほか鑑真廟の今日の月
爽やかや家並に揃ふ奈良格子
綿虫や薄日の差して戒壇院
階を煙まづ行きお松明
梁舐むる紅蓮の炎お松明
住み慣れて大和しうるはし柿若葉

最後の句に象徴されるように、どの句も奈良に住むことの幸いを感じさせる。同郷の出身で、同じ高校の先輩でもあったというご主人は亡くなってしまわれたが、山越さんの句集の刊行を誰よりも喜んでくださるに違いない。

夫の忌の払ひ豊かに大文字

書に俳句に、益々充実した日々を過ごされることを念じつつ、第一句集の完成をお祝いしたい。

墨の香の馥郁として緑夜かな　　由美子

二〇二一年四月

片山由美子

墨の香＊目次

句集　墨の香

山越桂子

第一章　団扇撒

一九九五年から一九九八年

砂浜の砂の平らや初明り
風鎮に軸の定まる淑気かな

柏手を夫に合はせて初詣

墨磨れば艶の生まれて初硯

春寒や針孔逸れし糸の先

雨戸引く音の軋みや冴返る

週刊誌被つて走る春時雨

しだれ梅見返り美人立つごとし

啓蟄や繰りて楽しむ時刻表

ジーンズの膝に乾きて春の泥

ダンサーの真つ赤なルージュ朧の夜
街路樹のオレンジ熟れて灯のごとし

古塀の裾を隠して桜草

取り合へる手を弾き飛ぶ団扇撤

母よりの電話の奥の祭笛

ジーパンをVの字に干し芥子の花

色白の指に摘まれさくらんぼ
一本を活けて賑やか釣鐘草

夏帽や会へば飛び出す国訛

検診を一日延ばし半夏雨

吊花の豊かに垂れて夏館

会うて来し温みを畳む白日傘

ラムネ飲む夫少年の顔となり
自転車を漕ぐや西日を追ひかけて

向日葵も聞きゐる野外コンサート

爪立ちて吊す短冊星迎

こぼれ萩夜来の雨に紅とどめ
ゆつくりと墨磨つてゐる良夜かな

金堂の扉の閉まりゆく秋夕焼
姦しく子ら引き揚げて隙間風

街師走声高となるアナウンス

レシートの食みだす財布年の市

何はさておき雪搔を始めけり

第二章　神の鹿

一九九九年から二〇〇二年

福寿草「仲よき事は美しき」
目鼻立ち争へぬなり初写真

三面に総身をしかと初鏡

鬼役はじゃんけんで決め福は内

川の面の影のふくらみ猫柳

啓蟄や機械にかけて刻む反故

歪なる皿も手作り蓬餅
ひと結びして吸物へ三葉芹

春日や古りて艶増す黄楊の櫛

沈丁や更地となりて屋敷跡

春愁やベルのすぐに切れ電話

方丈のおほかた隠れ糸桜

コーヒーの酸味ほどよき薄暑かな

卓上の八方に向き籠の薔薇

万緑や一気に上る男坂

秒針の脈打つごとき酷暑かな

鉄柱の影の揺らぎて日の盛

夕虹や使ひ古して夫婦碗

俎板の真ん中窪む半夏生

思ひきり酸味利かせて胡瓜もみ

この土地に倣ひ柿の葉寿司作り
法要の後の静けさ沙羅の花

子とろ子とろどの子をとらう百日紅

指揮棒に楽の生まれて星月夜

手花火の火玉の落ちてしまひけり

家系図をすらすらと書き生身魂

爽やかや反転の魚しろがねに

頭を寄せて難問パズル解く夜長

乾杯のベネチアングラス秋灯

秋高し石橋が国境なる

紅葉狩傾きながら登るバス

洗はれてことさら雨後の渓紅葉

枝見えぬほどのなりやう山の柿
斑鳩の塔をはるかに柿紅葉

昨日よりすこし窶れて吊し柿

墨の香の反古を重ねてそぞろ寒

終電の灯の箱の行く暮の秋

女子大の門を潜りて神の鹿

神苑の色を尽して散紅葉
地に降りてより触れ合へる落葉かな

嫁ぐ子の支度整ひ姫椿

羊羹の切口乾く寒の入

大寒や庫裏に薬缶の湯の滾り

元結の結び目緩む寒稽古

冬萌や帯解寺に帯貰ひ

第三章　神鶏

二〇〇三年から二〇〇六年

初春や塗の菓子器に塗の箸

一号車一番A席旅はじめ

神鶏の鳴きて吉兆初社

初弘法駅より続く人の列

読初や幼寝かすに絵本繰り

寒明のミルクに潤びパンの耳

翳りてはまたさす薄日梅二月

余寒なほ戒壇院を塀囲ひ

快方の兆しの見えて梅白し

入口に紅梅女流書道展

風止みて更なる梅の香りかな

工房に木切れの匂ひ春めけり

反橋の影の揺らぎて春の水

旋回を大きく高く鳥帰る

厨より母のハミングあたたかし

給食の膳の彩り雛あられ

雛納め子ととりとめのなき電話

ものの芽や付箋あちこち参考書

春昼の膨れて白きパンの生地

保育所に母のお迎へ桃の花

人形を抱けば目を閉ぢのどけしや
桜もて繋ぐ二の丸三の丸

夜桜の水面に撓ふ一枝かな

暮れ残りたる陵と山桜

地球儀の国の随所に春埃

春愁や袱紗に残る畳み皺

土手の花文字車窓より春惜しむ

土管より太き水音夏はじめ

初夏の路地の靴音楽めきて

地平線まで一色の麦の秋

息吸うて身の透く思ひ谷若葉

石塀に鳥の影濃き五月晴

緑さす這ひ這ひ母へまつしぐら

父の日や父の手紙は楷書にて

あぢさゐに埋もれて夫を見失ふ

墨液に思はぬ粘り半夏生

朝涼の黄身に膜張る目玉焼

一弁の豊かな窪み蓮散りて

落ちてすぐ透明となる滝の水

添ひ寝せし母の遅れて昼寝覚

二の腕の細きを擦り夜の秋

硯洗ふなでて月日の窪みかな

とつとつと上がる遮断機秋暑し

電柱の影細りたる残暑かな

吸物へ青み放ちて涼新た

秋涼し押せば弾みて羽根枕

消灯の窓に貼り付く望の月
身に入むや受けて溲瓶のほの温し

寝返りの気配に目覚めそぞろ寒

一日のことなく暮れてちちろ鳴く

校舎より唱歌漏れ来る秋桜

菊の香や寄進瓦へ無の一字

日の暮れてよりの刈田の匂ひかな

行く秋の瀬音ときをり躓きぬ

段取りのはや狂ひ出し十二月

冬ざれや杭に塑像のごとき鳥

雪片に潔きもののためらふもの

第四章　修二会

二〇〇七年から二〇〇九年

重箱の蒔絵合ひたる淑気かな

四宝まづ机上に正し筆始

正座して子らの挨拶初稽古

墨継ぎの墨ほとばしる吉書かな

繭玉や歌舞伎座前の人の列

幕下りてよりのほとぼり初芝居

ペン先のインクの乾く余寒かな

望楼へ狭き木の階冴返る

下萌や古色深めて正倉院

局の間より垣間見て修二会の行

海老根蘭育てまだ見ぬ花の色

はこべらの萌え単線の鉄路かな

遠足の声の塊電車より

のどけしやスイッチバックして上り

花冷の庇を低く染物屋

灯したるガレのスタンド春の闇

筆馴らすいろはにほへと春灯下

春愁や使ひ込みたる筆の先

一息に百の命をしゃぼん玉

ふらここや漕ぐに揃へて膝小僧

大川の枝垂桜の揺れ通し

逞しや瓶に根の透くヒヤシンス

日翳りていよよ紫藤の花

初夏や据ゑて百会と三里に灸

入港の波を消しつつ烏賊釣船

神輿舁く背に祭の文字をどり

一頭につられ嘶く祭馬

病む母へ窓すこしあけ祭笛

参道に萎む風船祭あと

若葉風抜けて欄間の透かし彫

梅雨寒の陸《くが》に整へ筆の先

一八の盛りの白にある翳り

一つ落ち一つ開きぬ沙羅の花
美しきものを脱ぎ捨て蛇の衣

雲の峰出船の舳先ぐいと上げ
人待ちの時に忙しく絹扇

晩涼や旅の帽子を脱ぎてより

蟬しぐれ塵ひとつなき戒壇院

青柿や里の家家代替はり
魚の骨すらりと皿に夜の秋

待合はすロビー七夕竹の下

新涼や掬へば震へカフェゼリー

一日のはや暮れにけり酔芙蓉

爽やかや寄木細工の幾何模様

秋冷や湯気に曇れる厨窓

十三夜次の駅まで子を送り

ぬかるみに足を取られて紅葉狩

反橋の途中で戻る初時雨

ことさらに赤き今年の実千両

大寒や伐折羅は髪を逆立てて

第五章　戒壇院

二〇一〇年から二〇一二年

お決まりの七味を買ひて初大師

溶接の火花鉄扉に寒戻り

蒟蒻の彩られゆく針供養

銅鑼をもて告ぐる拝観春の雪

墨跳ねて広がる滲み春の雷

登校の列をすぐ逸れ春の泥

鳥の子に馴染む筆先あたたかし

春雨や動かぬままの観覧車

春宵の抜けば膨らむコルク栓

永き日の丸き硯を丸く研ぎ

乾杯の卓の真中に桜鯛

講堂の床拭き込まれ新樹光

ベランダの白きテーブル緑さす

梅雨寒や計り直して血圧計

諸草を中洲に倒し男梅雨

男とも女とも見え溝渠へ

老鶯や修羅場の木偶のほつれ髪

街灯の点滅しきり半夏生

七月の風待ち潮待つ港かな

端居して当り障りのなき話

サングラス隣家の犬に吠えられて
辻曲るまで見送られ夜の秋

空蟬の構へたるまま動かざる
秋暑し『五體字類』の綴ぢ緩び

朝霧やくぐもり届く寺の鐘
ことのほか鑑真廟の今日の月

人ひとり通るがやつと乱れ萩

爽やかやや家並に揃ふ奈良格子

枝豆を一粒一粒聞き上手

キッチンの出窓に育つ貝割菜

一本は父に供へて今年酒

頭上より音の降り来る松手入

捥ぎし枝空へ返して柿の秋

宝物を数多蔵して紅葉寺

行く秋の使ひ古しし筆の先

冬晴や琵琶湖疎水の音立てて

虫食ひの葉も共に活け石蕗の花

綿虫や薄日の差して戒壇院

短日の木戸に立て掛け竹箒

墨の香や反故もて障子繕ひぬ

子ら去りて仕舞ふ布団の重さかな

風花や清少納言ゆかりの湯

水仙や小筆やうやく手に馴染み

第六章　おん祭

二〇一三年から二〇一五年

水餅の水まづ替へて厨ごと

覗かれてさらに俯き寒牡丹

この先は行き止まりとて冬薔薇
一行にまたも出会うて探梅行

白梅の白暮れ残る寺の門

返信は用件のみにして二月

折鶴の尾の先ことに冴返る

料峭や脚のがたつく椅子机

階を煙まづ行きお松明
梁舐むる紅蓮の炎お松明

火屑今星と和したるお松明

三月やすいと引きたる莢の筋

ぐし縫ひの扱きて進む日永かな

花冷や鍵を二重に宝物殿

春愁や塗の文箱に指のあと

風に舞ふ砂丘の砂や梨の花

螺子巻けば踊る人形夏始

糠床のぬかの匂ひや夕薄暑

住み慣れて大和しうるはし柿若葉
卯の花や祖母の家まで一里ほど

遠山は墨色重ね梅雨深し

鰐口の音からからと梅雨上がる

でむしや直哉旧居へあとすこし

星涼し開演を待つパイプ椅子

お通しのガラスの小鉢夏灯
石段を跳んでみせたる跣足の子

崩すにも流儀のありてかき氷

帰省子の携帯電話またも鳴り

夏痩やベルトの穴をひとつ足し

手を通しては捗らず土用干

エプロンをはづしてよりの夜の秋

母と子の影を一つに地蔵盆

秋澄むや気配にすくと犬の耳

爽やかや透けて琥珀のネックレス

灯火親しそれぞれの本卓上に

秋風やまた引越すといふ便り

稲刈つてにはかに天の遠くなり

故郷より飴煮届きて温め酒

パレットに金色を足し紅葉山

本堂に点る灯一つ暮の秋

水煙の天女は細身櫨紅葉

人住まぬ家のとびとび枇杷の花

瓔珞をかすかに揺らし隙間風
人垣の中の行列おんん祭

玄関の其処此処に靴十二月

交差点斜めに渡り年の暮

黒鍵の鳴らぬ一音霜降る夜

着膨れて口喧しくなりにけり

呼込みの声を限りに年の市

出港の船を離れず百合鷗

ガラス戸に結露の走り室の花

侘助や墨芳しき写経の間

冬の虹朱をうつすらと果てにけり

第七章　放生会

二〇一六年から二〇一八年

薬師寺の裳階に跳ねて初雀

鏡めくロビーの床や初芝居

新聞をまとめて読むも四日かな

部屋の灯を消して窓よりお山焼

炊き立ての御飯窪ませ寒卵

散策の足を延ばすも四温かな

靴音に鯉の浮き来る春隣

冴返る指で弾きて糸の縒り

余寒なほ二月堂への石の階

啓蟄や抽斗にある小抽斗

観音に触れんばかりや御開帳

野外能果てたる闇を春の月

本棚の本の凸凹春の塵

桜鯛光もろとも耀られけり

青空をゆさゆさ牡丹桜かな

袖触れて畦の菜の花散らしけり

カレー沸沸と八十八夜かな

夏来る鳥語溢れて天皇陵

夏めくやすれ違ふ子に日の匂ひ

赤子にも捩り鉢巻夏祭

山鉾の空傾けて辻回し

薫風や檜皮一束寄進して

明易し旅の寝返り二度三度

粗塩の壺に固まり梅雨長し

朱の橋のいよいよ朱く五月雨

雨音に混じる波音梅雨寒し

参道の子らに付き来る鹿の子かな

水音を辿りて行けば合歓の花

河骨や辺り小暗き皇后陵

天皇陵真ん中にして田水張る

空つぽの香水の瓶なほ匂ふ
手をつなぎ幼とくぐる茅の輪かな

鍵穴に鍵空回りして残暑

生垣の高さの揃ひ秋涼し

爽やかやお手玉の音弾ませて

月代や尾根なだらかに御蓋山

犇きて生簀の匂ふ放生会

竹垣の竹結ひ直し冬隣

献血車来てゐる冬の大通り

賽銭の音の転がる小春かな

店に選る筆のあれこれ春星忌

大寺の樹下の箒目春隣

夫の忌の払ひ豊かに大文字

跋

山越桂子さんは私の主宰する「朱雀」の主要同人であり、奈良市で開催の月例句会の幹事として運営全般にわたって尽力して貰っている。企画力があり細かい心遣いもできる方で、名誉主宰の有山八洲彦氏も私も桂子さんに深い信頼を寄せている。

桂子さんが俳句に手を染めたのは、友人の勧めによるとのこと。平成7年に「狩」と「朱雀」に入会され、鷹羽狩行先生、有山八洲彦氏のもとで句作に励んでこられた。「狩」終刊後は後継誌の「香雨」の同人として、片山由美子先生の御指導のもと一心に句作を続けておられる。

まず、初期の佳句から順に紹介していこう。

砂浜の砂の平らや初明り
墨磨れば艶の生まれて初硯
ラムネ飲む夫少年の顔となり
取り合へる手を弾き飛ぶ団扇撒
金堂の扉の閉まりゆく秋夕焼
爪立ちて吊す短冊星迎

第一句は堂々とした構成美による大景の表出。第二句は身近な書道を題材とする句。書道をテーマとする句は桂子俳句の特長となっていくのだが、すでにその萌芽が見られる。第三句の御夫君をいとおしく見つめるまなざし。家族を温かく見守るまなざしを感じさせる句も随所に見られる。第四句、第五句では奈良、唐招提寺の団扇撒の行事や秋の夕暮の荘厳なひとときをいきいきと描く。奈良在住の作者だから奈良の古寺も主要なテーマとなっていく。第六句は日常のささやかな所作と季節のあざやかな感受。短冊に込める思いと行事への期待や喜びが作者の動作からはっきりと伝わってくる。これら初期の句群から紛れもなく作者の豊かな資質が感じ取られる。名医であった祖父が刀治という俳号で俳句に手を染めていた、と桂子さんから伺ったがそんな家庭環境も大いに影響しているに違いない。

女子大の門を潜りて神の鹿
余寒なほ戒壇院を塀囲ひ
秒針の脈打つごとき酷暑かな
終電の灯の箱の行く暮の秋

地に降りてより触れ合へる落葉かな
一号車一番A席旅はじめ

やがて桂子さんは「狩」の同人に推挙されるのだが、これらの句群はそれまでの進展の過程を示す作品。第一句の奈良女子大、第二句の戒壇院、ともに奈良の風光を描き出しつつ、諧謔味を漂わすことに成功している。第三句は「脈打つ」と捉えて、秒針がいのちをもち酷暑によって疲弊しているかのよう。第四句は「灯の箱」とすることで深い闇を走る車両のモノとしての実在感を描き出している。さらに第五句、第六句に人の思いを対象に重ねたり、表現の面白さに徹してみるなど自在さが増してくる。習練を経て俳句をみずからの表現の器と決意したことによるのだと想像できる。こうして、次のような日常をさらりと掬い上げた作品や季節の繊細な感受が魅力の作品も生れてくるのだ。

厨より母のハミングあたたかし
雛納め子ととりとめのなき電話
土管より太き水音夏はじめ

雪片に潔きものためらふもの

特に第四句は「詩人の眼がある」「人の生きざまのようなものさえ感じられる」といった狩行先生からの選評をいただく光栄に浴した。

四宝まづ机上に正し筆始

墨継ぎの墨ほとばしる吉書かな

梅雨寒の陸《くが》に整へ筆の先

桂子さんは書道、書写教室に携わり、最近も書の奥義を究めるために大学の講義を受講するなど書への熱意は並々ならぬものがある。それ故に書にちなんだ句が多いのも本句集の特長。このうち「梅雨寒」の句を含む四句で平成19年9月の「狩」の雑詠欄である「狩座」欄で巻頭第六席となり、狩同人に推挙される。この頃の書道を題材とした作品をいくつか紹介すると、

筆馴らすいろはにほへと春灯下

春愁や使ひ込みたる筆の先

永き日の丸き硯を丸く研ぎ

水仙や小筆やうやく手に馴染み

第一句は、筆馴らしに気楽に筆を運んでいるゆったりとした心持が春の長閑な季節感と響き合う。また、「いろはにほへと」が「色は匂へど」であることに思いを馳せれば、春の夜の艶かしさへと連想を広げていくこともできる。第二句、第三句からは筆や硯に日頃親しんでいる作者の姿がよく分かる。それぞれ「春愁」「永き日」の季語が句を奥行のあるものにしている。第四句は部屋に活けられた水仙の端正な姿が筆を揮う整えられた室内や澄んだ心を想像させる。また、すっと伸びた水仙の花茎との対比で、同じように細くまっすぐな小筆の材質感も伝わってくる。

星涼し開演を待つパイプ椅子

稲刈つてにはかに天の遠くなり

鏡めくロビーの床や初芝居

本棚の本の凸凹春の塵

赤子にも捩り鉢巻夏祭

最近の佳句のうちで桂子さんの題材の広がりを思わせるものを抜き出してみた。星の光を纏っているようなパイプ椅子。刈田の上に広がる秋晴の空。着飾った観客の姿を映す床。本の大きさの違いで生じる本棚の凸凹。家族揃って祭を楽しむ姿を象徴する赤子の鉢巻。すべて的確にその場の雰囲気を描き出している。

桂子俳句の深まりと独自の境地への展開を示す家集の誕生を慶ぶとともに、今後の活躍ぶりを期して待つことにしたい。

田中春生

令和4年2月

あとがき

句集『墨の香』は一九九五年から二〇一八年までの三二四句、主に「狩」誌掲載の中から収めた第一句集です。

夫が生前、「そろそろ句集だな」と気に掛けてくれていたこと、また「狩」の終刊が決まったことから、拙いながらも上梓することと致しました。

友人を通して知った俳句の世界ですが、私自身が関わるきっかけとなったのは、ある日のタウン誌の広告「俳句へのお誘い」の一文でした。導かれるように「朱雀」(有山八洲彦主宰・現名誉主宰)に入会したことが私の俳句の始まりです。主宰に勧められて「狩」(鷹羽狩行主宰・現「香雨」名誉主宰)に入会したのも同じ年でした。

わずか十七音で表現できることの奥深さに、また五感すべてに訴えかける感動に魅了されて、気付けば俳句の虜になっていました。

収録句を整理する中で、一句一句から甦る鮮明な景色。ことに娘の結婚、孫の誕生。また度々の入院にも屈しなかった夫の姿、声までもが昨日のことのように思い出され、俳句の凄さを改めて実感しています。

その一方で本意をしっかり捉えていない季語の使用や、句の幅の狭さなどを見つめ直せたことは、これからの作句の課題としてなによりの収穫でした。

私がもう一つ身を入れているものに書の世界があり、その奥義を究め新しい息吹を感じたいと、一昨年より大学でのプログラム「書道探究」に取り組んで来ました。書道・書写に携わっての長い年月、墨の香りと共にある日々の暮らしから、句集名「墨の香」を頂戴致しました。


狩行先生には長い間厳しくも温かくご指導を頂き、帯文に賜りましたお言葉は雪国育ちの私にとっての心の拠り所です。有難うございました。

また「狩」を継がれた「香雨」主宰・片山由美子先生にはご多忙の中、濃やかで御心のこもった選句、身に余る序文、そして句集名の労をお取り頂き、膝元で日頃ご教授下さっています「朱雀」主宰・田中春生先生には丁重で過分な跋文を頂戴してこんな幸せなことはありません。深く感謝申しあげます。加えて俳句のいろはから教わりました八洲彦先生にも厚くお礼申しあげます。

こんな素晴らしい先生方の許での学びに身の引き締まる思いでいます。

俳句の面白さを説いてくれた友人、常日頃一緒に励んでいます「朱雀」のみなさま、また「狩」に続く「香雨」、ほか句友のみなさまにも心よりお礼申しあげます。

自筆のタイトルの書を決めるに当たってお世話になりました松井春葭先生にも深謝申しあげます。

最後に句集の上梓を後押ししてくれた子供たちや孫に、そして快く句会へ送り出してくれていた夫にも感謝を捧げたいと思います。

令和四年五月吉日

山越桂子

（一日も早い新型コロナウイルス感染症の終息と自由に行き来が出来る日常の再来を願うばかりです）

著者略歴

山越桂子（やまこし・けいこ）

1942年　満州生まれ（石川県出身）

1995年　「朱雀」入会

1995年　「狩」入会

2003年　「朱雀」同人

2008年　「狩」同人

2019年　「香雨」創刊時同人

俳人協会会員

現住所　〒630－8033　奈良県奈良市五条一丁目16－14

句集　墨の香　すみのか

二〇二二年七月四日　初版発行

著　者——山越桂子

発行人——山岡喜美子

発行所——ふらんす堂

〒182-0002 東京都調布市仙川町一―一五―三八―二F

電　話——〇三（三三二六）九〇六一　FAX〇三（三三二六）六九一九

ホームページ　http://furansudo.com/　E-mail info@furansudo.com

振　替——〇〇一七〇―一―一八四一七三

装　幀——和　兎

印刷所——明誠企画㈱

製本所——㈱松　岳　社

定　価——本体二八〇〇円＋税

ISBN978-4-7814-1463-8 C0092 ¥2800E